KB273801

첫 글자들의 마술
"N(엔)행시"

첫 글자들의 마술 "N(엔)행시"

2026년 3월 18일   초판 1쇄 인쇄 발행

지은이　　이환우
펴낸이　　박종래
펴낸곳　　도서출판 명성서림

등록번호　　301-2014-013
주소　　04625 서울시 중구 필동로 6 (2, 3층)
대표전화　　02)2277-2800
팩스　　02)2277-8945
이메일　　msprint8944@naver.com

값 10,000원
ISBN 979-11-7439-100-1

첫 글자들의 마술
"N(엔)행시"

이 환 우 시집

도서출판 명성서림

'첫 글자들의 마술 N(엔)행시'

첫걸음을 떼며 조심스럽게 출발합니다

글을 쓰려면 순수한 마음으로

자기 자신과의 소통과 소리없는 내면의 아우성과
외로움을 견뎌내고

들녘도 산책하며 좋은 풍광도 즐겨야

의미있는 글이 낯을 가리며 세상 밖으로 나오지요

마음먹기에 따라 삶이 결정되므로 긍정적 마인드를
지녀야 인생이

술술 잘 풀리지요

엔젤스 (Angels :천사들)도

행복한 인생이 되라고 환한 미소로

시작을 축복해 주네요

이현우

　일상의 단어들이 N(엔)행시가 되는 순간
일상 속에서 취미 삼아 지인들에게
이름 3행시를 많이 지어 드렸습니다.
그러다 보니 재미가 생겼고 지인들도
3행시 잘 지었다는 등 칭찬의 말에 고무되어
결국 3행시가 N행시로 발전하였습니다.
　어떤 때에는 시중은행에 업무 보러 갔다가
대기 시간이 길어지면 은행 창구 직원분에게
이름 3행시를 지어드린 적도 있었습니다.
은행 직원분이 은행 이용 고객님한테서
3행시 받아 본 것은 처음이라며
싫지 않은 표정으로 서로 미소 짓고
지나간 일도 있었습니다.

　N행시의 매력은
첫 마디를 떼는 순간
글자들이 생동하여 춤을 추고
자그마한 영감은 어느새
들불처럼 번져 하나의 문장이 됩니다.

　책 출간 날짜가 평소에 문학을 극진히 사랑했던
4년 전에 먼저 하늘나라로 간
내자內子 권 엘리사벳 기일과 가까워져
하늘나라에 있는 그리운 엘리사벳과 함께
출판의 기쁨을 나누고 싶습니다.
또한 이 책이 누군가에게
작은 위로와 희망이 되기를 바랍니다.

2026년 3월

이환우

제3부
삶의 극복 및 인생 예찬 편

제4부
불교 편

01

생명의 맥박 편

담쟁이 덩굴

담벼락을 타고 오르는 강심장
쟁이 중의 쟁이로다
이 세상 민초들이 살아가기 힘든 시절에도 너는
덩실 덩실 춤을 추며 바위,나무,담장을 오르고 있네
굴하지 않는 생명력을 보며 오늘도 너에게서 힘을 얻는다

동백꽃

동절기 추위를 뚫고 피어난

백절불굴의 붉은 기상

꽃잎 하나 남김없이 통째로 지는 의리의 꽃

단풍나무

단절된 곳에는 소통을

풍성한 가을엔 나눔을

나목裸木은 내년 봄을 기약하며

무사하게 추운 겨울을 잘 보내라고 손짓하네

은행나무

은근과 끈기로 세상을 헤쳐나가지만

행복한

나를 진정으로 만들기 위한

무소유는 무엇일까? 성찰의 시간을 가져본다

인고의 세월

인내의 시간
고통마저
의연하게 버텨온 당신의 뒷모습은
세상 그 무엇보다
월등히 빛나네

억새의 축제

억만겹의 시간 면면히 살아온 인간
새롭게
의롭게
축제의 마음으로 살아갈 수 있다면
제일 축복받은 인생

고구마

고객을 사로잡는
구수한 입담
마침내 고객이 감동한다

코스모스

코앞에 서서 서두르지 말고

스스로 미리 준비하면

모든 일이 술술 잘 풀려

스케치 하듯 멋진 인생을 그려 갈 수 있네

감성 편

가을

가려고 하니
을씨년스럽다
　멀리 가려면 손을 잡자

눈물샘

눈가에 맺힌 뜨거운 고통
물 흐르듯 씻겨 내려가기를
샘물처럼 맑은 웃음이 당신의 가슴에 가득 차네

서울역

서럽다고
울면 뭐하나
역력히 보이는 희망찬 기운

창동역

창공을 바라보자
동녘 하늘에 반짝이는 샛별
역동적인 나의 삶을 축복해주네

대둔산

대자연이 빚어놓은 기암괴석 사이로
둔탁한 발걸음 멈춰서서
산들바람 끝에 닿는 창조주의 손길

함박눈

함께 눈을 맞으며 걷노라면 심장의
박동 소리가 쿵당쿵당
눈이 휘둥그레지네

하이볼 *High ball*

하트(Heart)에는
이상을 품고
볼멘소리 보다 긍정적으로 살아가자

필라테스 *Pilates*

필(Feel)이 꽂혀야 세상사는 맛을 알지요
라일락 향을 맡으며
테이블 테니스(Table Tennis)를 가끔 즐기며
스트레칭하여 몸매를 가꾸세요

파노라마 *Panorama*

파아란 맑은 하늘
노을진 저녁 하늘
라일락 향기속에
마음엔 평화와 행복이 물들어 가네

시가모 詩歌慕

시와 음악으로
가을 하늘을 수놓는
모든 예술인들에게 존경과 감사를

사우나

사랑을 쫓아 우주를 누비던 그대
우연히 나비가 되어 날아오르니
나풀거리며 꽃밭을 유영하네

신호등

신선한 충격으로 다가온 가수 목소리
호소력 짙은 그 깊이에 숨을 죽이고
등불처럼 빛나는 향연속에 행복한 밤

비타민

비옥한 평야에서 추수 후
타작하는 정겨운 소리
민들레 웃음 짓듯 정다운 웃음소리

삶의 극복 및 인생 예찬 편

불꽃축제

불같이 열정적으로 살아가는 민초들
꽃샘추위 아랑곳하지 않고
축복된 날을 기약하며
제일선에서 내일을 치열하게 준비하고 있네

모닥불

모든 열정을 쏟아부어
닥터가 되려고 꿈 꾸는 자
불꽃처럼 너의 혼신을 다해야 한다

평생동지

평탄하게 살면서
생활의 리듬을 찾고
동력을 받기 위해
지인들과 만나 회포를 푸는 행복

소년같은 감성

소망을 품은 새해
년도가 바뀌면서
같은 소회를 매년 반복하네
은총속에 살아온 나날들
감사를 드리며
성공한 삶은 이웃들과 친교를 나누는 것이네

심장비대

심신을 단련하여
장애물이 나타나고
비바람이 세게 불어와도
대비하면 후환이 없네

무미건조

무념무상하여
미쳐야 세상사는 맛을 알지
건성 건성 세상을 살지 마오
조용하게 내면의 힘을 기르세

황혼의 자유

황금 같은 시간

혼신을 다해

의로운 일을 향해

자유로이 살아온 나날들

유유히 나만의 바다를 향해 항해하리라

결실의 계절

결정하기 힘든 순간
실익을 찾기보다
의리도 생각하고
계명도 생각하고
절절히 생각할것이 많은 인생

삼총사

삼삼오오 짝을 지어

총총한 밤 하늘 별을 세어보며

사계절의 아름다움을 노래하는 밤

오늘은 새로운 인생

오늘은 신이 주신 선물

늘 감사하는 마음으로 시작하는 하루

은은한 향기속에

새로움으로 충만되어가는

로맨틱한 이 세상

운명은

인고의 세월을 견딘 자에게만

생명수를 주네

스트레스

스스로 너무 완벽하면
트러블(Trouble)도 생기고
레저(Leisure) 즐길 마음의 여유도 없이
스스로 힘든 생활에 빠져드네

인생살이

인생을 사랑하고
생활의 리듬을 찾아가며
살가운 미소로 살아가는
이는 행복하다

행복전도사

행복한 생각을 하며 미소짓는 얼굴

복된 말을 남에게 자주하면

전염병보다 빠르게

도심속 차가운 공기마저 온기로 채워져

사람답게 살아 갈 긍정의 힘이 생기네

백수의 선택

백지 위에 무엇을 그리든 당신의 자유

수십 년을 규칙적인 생활을 하며 지내온 삶

의미 있는 삶을 살아갈 수 있는 나만의 자유시간

선택의 자유를 만끽하며

택시도 타고 멋진 인생을 그려가세요

산정호수

산뜻한 바람
정겨운 풍경
호수 위로 비친 맑은 마음
수시로 다가오는 행복감

가화만사성

가슴엔 이상을 품고
화사한 얼굴
만면에 미소를 머금는
사랑스러운 그대
성공한 인생이로다

성공신화

성공적인 삶을 위해
공을 들여가며
신심을 단련하고
화를 잘 다스려야 한다

팔순잔치

팔팔하던 의욕이 넘치는 시절을 지나
순수해지는
잔잔한 미소와 따뜻한 마음으로
치유되어 살아가는 행복한 사람들

등대지기

등을 밝혀 주변의 어두움을 몰아내고
대자연의 평화와 안전을
지키는 올곧은 마음
기쁘게 살아가는 의로운 삶

제야의 종소리

제 자신의 삶을 돌아보는

야심한 이 밤

의롭게 살아왔는지?

종횡무진하며 바쁘게만 살아왔는지?

소명의식을 갖고 인생을 다양한 사람들과

리듬에 맞추어 살아가고 있는지 성찰해 보는 시간

순진무구

순수한 이상과
진솔한 마음으로 인생이라는
무대를 씩씩하게 바르게 걸어가는
구도자의 뒷모습은 얼마나 아름다운가?

오아시스

오늘도
아름다운 세상을 만들기 위해 부드러운
시선으로 다가와
스펀지(Sponge)가 되어 모든 것을 품어주는 사람들

내면의 소리

내면의 생각이 아무리 좋아도

면전에서 용기내어 표현할 때

의중이 비로소 상대방에게 전달되어

소통은 벽을 허물고 관계를 맺으며

리얼(Real)한 삶을 함께 만들어 가지요

자유시간

자기 자신을 속박하지 않고

유연한 사고와

시선으로

간섭 받지 않는 곳에서
　유유자적하며 멍 때리는 시간도
　축복의 시간이지요

이웃사촌

이렇게 좋은 인연이 또 있을까
웃음 꽃 피우며 나누는 따뜻한 정이
사실 멀리 있는 친척보다
촌수 따질 필요 없는 진짜 가족 같네요

망망대해 茫茫大海

망설이지 마세요
망설이다 놓치기엔 꿈이 너무나 푸릅니다
대해大海처럼 넓은 세상이 당신을 기다리고 있으니
해낼 수 있다는 믿음으로 힘차게 나아가세요

건강백세

건전한 생각과
강건한 의지로 살아가시는 어르신
백색 화폭에 지나온
세월을 멋지게 그려 보세요

낭떠러지

낭만에 취한 그대로
떠나지 마세요
러프(Rough)한 세상에서 유연하게
지반을 잘 다지고 살아가세요

유연한 사고

유연한 생각속에
연꽃처럼 피어나는 창의적인 아이디어
한 번 더 넓게 세상을 바라보는 여유가
사랑과 지혜로 가득할 때
고요하게 마음의 문이 열리리라

삶의 뜨락

삶이라는 화폭 위에 어떤 색을 칠할지
의미를 찾는 여행은 매일 아침 시작되죠
뜨거운 가슴으로 내 옆의 사람과 손을 잡고
락樂, 즐거운 노래를 함께 부르자

잔인한 계절

잔잔하게 불어오는 바람
인생살이 시름 모두 잊고
한잔 합시다
계절은 우리에게 잊지못할 낭만을 선물하지요
절친과 함께 걸어가면 인생은 무지개 동산

고생문

고운 마음으로
생동감 있게
문을 나서면 인생은 만사형통

달리기

달려가다 보면
리듬이 실리고
기분 좋은 바람이 얼굴을 스치네

불망초심

불꽃처럼 열정적으로 살아온 나날들
망각 속에
초심을 잃고 살아가네
심신을 새롭게 다잡으니 멋진 내일이 그려지네

추석명절

추수의 기쁨을
석양 노을
명상속에서
절대자의 권능에 감사드리는 오늘

빈자리

빈번한 고민에 마음이 지칠 때면
자신을 아끼는 시간을 가져보세요
리듬감있게 삶을 다시 한번 충전하세요

붉은말(병오년)

붉은 열정과

은근과 끈기로 나아가면

말 할 수 없는 행복이 찾아오네

점입가경

점점 다가오는
입사시험 합격자 발표의 날
가슴 조이는 나날이겠지만 여유를 가지세요
경이로운 결과가 당신의 앞 날을 장식할 것이니

04

불교 편

템플스테이 *Temple stay*

템포를 맞추어
플레이 하면서
스텝이 꼬이지 않게 세상을 살아가려면
테두리 안에 갇혀있던 나를 비워 내면서
이번에 진정한 나를 만나 보세요

풍경風磬소리

풍파 속 번뇌를 씻어내고
경이로운 깨달음을 전하네
소란함을 뒤로한 채 맑게 울리니
리듬에 맞춰 깨어있는 삶을 사세요

무아경 無我境

무엇이 필요한가
아무것도 필요하지 않아
경관이 좋아 앉아있는 걸로 행복해

야단법석 野壇法席

야외에서 이루어지는 법회에
단정한 옷차림으로 참석하여
법도를 지키며 가르침을 들으니
석양 아래 깊은 울림이 퍼지네

아수라장 阿修羅場

아집을 버리고
수수방관 말고
라일락 향기가 지친 마음을 깨우듯
장래를 위해 정신차리고 살아가세

이판사판 理判事判

이 세상을 지혜롭게 살아가려면
판단력을 앞세워 중심을 잡으세요
사람들 말에 흔들려 부화뇌동하면
판단은 흐려지고 참 길만 잃게 되네

백팔번뇌 百八煩惱

백여덟 가지 고민하며 사는 것보다

팔 다리 편히 뉘어 깊은 잠을 청하며

번뇌를 내려놓고

뇌성이 울리더라도 놀라지 마세요

공수래공수거 空手來空手去

공들여
수없이 모아온 저 금은보화도
래세에 단 하나도 가져갈 수 없느니라
공허한 마음 달래려 정신없이 살아온 나
수심만 가득하며
거창한 욕심 뒤에 남은 건 오직 빈손뿐이네

사바세계 娑婆世界

사랑스러운 그대
바르게 걸어가세요
세상은 살 만한 가치가 있다오
계획 세우고 천천히 가면 좋은 날 찾아오리

천상천하유아독존 天上天下唯我獨尊

천신만고 끝에
상황이 좋아지고 있어요
천상에서 울려퍼지는
하모니(Harmony)에
유연해지는 내 마음
아집도 사라지고
독실한 삶을 살게되어
존재감 되찾았네

05

그리스도교 영성 편

예수님

예스(Yes)하며 신앙생활을 하니
수시로 마음의 평화가 몰려옵니다
님이 가신 길 묵묵히 따르겠습니다

천지창조

천상의 메아리 울려퍼지니
지상 만물이 고요히 귀 기울이네
창공에는 천사들이 주님을 옹위하며
조물주의 위대함을 찬미하는도다

창세기

창공을 바라보며
세상을 창조하신 주님께
기도와 묵상으로 시작하는 오늘
　가슴 벅차 옵니다

탈출기 1

탈출하여 자유를 얻기위한 오랜 몸부림
출렁이는 홍해바다
기적의 힘이 이스라엘 백성을 이집트에서 구했네

탈출기 2

탈바꿈을 하며 영적으로 살라는 내면의 소리에
출렁이는 내 가슴
기쁨으로 서서히 젖어드는 주님의 말씀 속에
　행복한 나날들

레위기

레위기의 거룩한 법은 제사 법전처럼 보이지만
위대하신 주님께서 "내가 거룩하다"말씀하십니다
기쁘게 "너희도 거룩한 사람이 되어야 한다"고
　　사랑으로 초대하십니다

민수기

민족을 바르게 이끌고 가는 지도자
수많은 어려움에 봉착하지만
기적과 같이 난관을 돌파하게 되네

신명기

신바람 나게 고향 가나안 땅에 입성하려면
명령을 따르며 오랜동안 숙성의
기간이 필요하다

사도행전

사도들이 꿈꿨던 밝은 세상을
도덕과 정의로 굳건히 세우며
행복한 마음으로 이웃과 소통하며
전심으로 기도와 사랑을 실천해야 한다

동방박사

동녘 하늘 밝게 빛나는 별을 따라
방황하는 인류에게 희망을 전하러
박사 멜키오르,카스파르,발타사르 3명이
사명감을 갖고 황금,유향,몰약 예물을 가지고
　　아기 예수를 경배하러 가는도다

크리스마스

크나큰 설렘이 가득한 오늘

리듬감 넘치는 캐럴(Carol) 소리

스치듯 지나는 찬 바람조차

마주하는 사람들 밝은 웃음에

스멀스멀 온기가 느껴지네

바오로

바라보십시오! 십자가의 예수님
오상의 상처를 생각하면
로마로 향하는 발걸음처럼 가슴이 저며옵니다

마태오

마음을 따뜻하게
태도는 바르게
오늘을 기쁘게 살자

데레사

데미지를 받지 않고 사는 인생이 있을까요?
레인보우(무지개) 빨,주,노,초,파,남,보 색깔처럼
　인생살이 다양해
'**사**명의 노래'를 들으면 가슴이 저며옵니다

백인대장

백 명의 부하보다 강한 믿음으로
인자하신 예수님을 감동시킨
대단한 충성심과 겸손을 갖춘
장교로서 타의 모범이 되다

사마리아인

사랑이 넘치는 손길로
마주하는 이들의 아픔을 돌보며
리듬에 맞춰 춤추듯 평화를 노래하고
아빠! 예수님께 의탁하며
인정 넘치는 따뜻한 삶을 이어가요

구도자 求道者

구하라! 간절히 바라고 한결같이 노력하라!
도달할 그날의 깨달음을 향해
자아를 찾아 빛나는 삶을 살아가자

구역장

구하라! 얻을것이오!

역경을 이겨내며

장한 일을 하는 그대는 멋진 인생을 살고 있소

사순절

사랑하는 인류의 구원을 위해 오시는 주님의 고통에

순수한 마음으로 겸손히 참여하는 이 시간

절호의 은총을 누릴 기회입니다.

부활절

부활의 기쁨으로
활기가 넘치는 이 세상
절로 기쁨이 솟아 오르네

부활축하

부활하신 주님의 은총으로 새 생명 얻었네
활기찬 믿음과
축제의 기쁨으로
하루하루 이웃에게 복음을 전하자

산상수훈

산 위에서 들려오는 주님의 목소리
상상치 못한 하늘의 복이 우리에게 선포되어
수많은 영혼들에게 희망을 주시는
훈훈한 성령의 바람 우리 영혼을 감싸네

성체조배

성부,성자,성령의 오묘한 신비를
체험하며
조용히 눈을 감고 묵상하고 있노라면
배가 고픈 줄도 잊고, 영적 배부름을 느끼게 된다

보편지향기도

보석이 되기까지 갈고 닦은 땀방울 덕분에
편안한 오늘을 맞이하네요
지금 이 순간의 성실함이
향기로운 열매를 맺을 것입니다
기도하며 묵묵히 나아갈 때
도움을 주시는 주님의 손길을 느낄 수 있어요

꾸리아 *Curia*

꾸준하게 기도와 봉사를 하는 레지오 단원들 한테서
리라꽃 향기가 묻어나네
아름다운 은총의 열매가 온누리에 가득하네

묵주기도

묵묵히
주님의 생애가 모두 담겨있는 묵주기도 바치는 이 시간
기쁨으로 제 마음 충만합니다
도움을 주시는 주성모님의 은총에 감사드럽니다

세계평화

세상 여러곳에서 전쟁이
계속되어 아까운 인명이 희생되고
평화가 위협을 받고있는 슬픈 현실
화해와 타협으로 세계평화가 돌아오기를 기도합니다

살신성인

살점이 저며 나가는 듯한 고문에도
신념을 굽히지 않고
성스러운 정의의 길을 택한 순교자
인류의 가슴에 영원히 남으리

갈대바다(홍해)

갈망하던 이스라엘 백성들이
대탈출하는 역사적인 순간
바르게 살아가라고
다 이루어 주시는 주님의 권능,찬미 받으소서

명동대성당

명례방은 조선시대, 현재 명동을 가르키는 곳
동네의 소란함도 잠시 숨을 죽이는 곳
대지 위에 뿌리 내린 신성한 신앙의 요람지
성스러운 분위기에 마음의 평화가 몰려옵니다.
당신의 고단한 하루 비로소 위로를 받는곳

화곡본동성당

화사한 햇살처럼 따스한 성전에 모여

곡조에 맞추어 찬미의 노래를 부르며

본받고 싶은 주님의 크신 사랑을 배워갑니다.

동네 이웃에게 따뜻한 친교와 복음을 나누며

성실하게 살아가는

당신의 모습을 보시고 주님께서는 기뻐하십니다

서소문 성지

서로 서로 신앙을 증거하기 위하여

소명의식을 갖고 순교로서

문호를 개방시킨

성인들의 순교정신을 이어받아 온 세상에

지평을 넓혀 복음을 전파 할 힘이 생기는 곳

삼성산 성지

삼라만상이 변할지라도
성령의 뜨거운 열정을 가슴에 새기고 살아간다면
산란한 마음도
성장통의 기쁨으로 날려 보내고
지상생활을 천국에서처럼 기쁘게 살아갈 힘이 생기는 곳

바리사이

바라볼 때 편협된 율법으로만 보지 말고
리듬을 살려가며
사랑의 마음으로 매사를 보면
이 세상은 천국이에요

십자나무

십시일반
자선을 하며
나눔의 길을 가노라면
무지개처럼 아름다운 세상이 오지요

바보의나눔

바라보십시오. 고(故) 김수환 추기경님의
보배로운 '나눔의 실천 정신'을 이어가기 위해
의롭게 설립된 법정기부금단체로서
나눔과 섬김을 실천하는 이들이
(눔), 늠름한 기부자가 되어 믿고 맡길 수 있는
　　소외 계층 지원을 하는 사랑이 피어나는 곳

✸ 이름의 의미
김수환 추기경님은 스스로를 '바보'라고 부르셨습니다.
그분의 뜻을 이어받아 '세상을 바꾸는 것은
똑똑한 사람들의 계산이 아니라, 바보같은 사람들의
순수한 사랑'이라는 믿음이 담겨 있습니다.

성지주일 聖枝主日

성대한 호산나 찬미 소리 가득한 예루살렘 안으로
지극히 낮은 모습으로 나귀 타고 오신 주님
주님 가시는 그 십자가의 길을 기억하며
일상의 삶 속에서 당신의 겸손과 사랑을 따르리